동백꽃 연가 (戀歌)

이동백 시집

시음사
시사랑음악사랑

사계절 동백꽃을 피우고 싶다는 이동백 시인

사람은 살아가면서 꾸준히 자기 계발을 하고 그 속에서 자신만의 독창성을 발견하여 발전시킨다. 이동백 시인을 보면 생각나는 사자성어가 있다. "우공이산(愚公移山)" 쉬지 않고 꾸준하게 한 가지 일만 열심히 하면 명인이 되고 마침내 큰일을 이룰수 있다. 바로 이동백 시인이 그런 시인이라는 생각이다. 문학이라는 거대한 나무에서 씨앗을 얻어 이동백 시인은 詩 문학이라는 나무를 심고 가꾸어 이제 작품집이라는 열매를 수확하려한다.

이동백 시인이 그동안 보여준 작품에서는 목가적(牧歌的) 작품이 주는 예술적 감동의 시정(詩情)과 시적(詩的) 요소를 잘 보여주면서도 자연이나 인간사, 사회현상에 이르기까지를 詩로 표현하려 노력하는 시인이다. 시가 관조(觀照)이거나 감동(感動)이라면 이동백 시인은 영혼이 맑아지는 그러면서도 추억과 자신을 뒤돌아보게 하는 시를 짓는 시인이다. 인간이 살아가면서 공유할 수 있는 것은 참으로 많이 있으나 그것을 자아 성찰의 기회로 승화시킬 줄 아는 사람이 얼마나 있을까 하는 생각을 하게 하는 시인이다.

"동백꽃 연가"라는 제호에서도 느껴지듯 이동백 시인의 시집에는 동백꽃이 피기까지의 여정을 강렬한 톤으로 페이지마다 숨겨두었다. 사람이 살아가면서 느껴지는 붉은 색채의 이야기와 젊음을 노래한 이동백 시인의 작품을 보면서 사랑이 보이고 화합과 협동으로 함께 나누는 나눔이 보인다. 사랑도 같이하자는 의미가 있고 고통도 서로 함께라는 이미지가 그려지는 작품의 세계를 볼 수 있는 이동백 시인의 첫 시집 "동백꽃 연가"를 시인을 좋아하고 따르는 많은 독자와 함께 기쁜 마음으로 추천한다.

(사)창작문학예술인협의회 이사장 김락호

시인의 말

시인이라는 이름으로 글과 친구가 된 지금이
내 인생에서 제일 좋은 때인 듯합니다.
5대 종손 9남매 장남으로 아버지의 무거운 짐
대신 짊어지고 허리 펼 새 없이 살아온 날들이
가슴을 짓누르는데 하소연할 곳이 없어
자서전을 쓰게 되었습니다.
그럼에도 채워지지 않는 허기가 남아 산문집을
내고 나서 시(詩)에 눈을 뜨게 되었습니다.
육십 평생 시(詩)자도 모르고 살았는데
글을 쓰다 보니 어느 날 갑자기 시(詩)가 쓰고
싶어졌습니다.
길게 풀어 쓰는 글보다 많은 의미가 함축되어
있는 시(詩)에 매력을 느끼게 되었습니다.

말은 맛이고 글은 멋이라고 합니다.
맛과 멋의 조화에 매료되어 숱한 고뇌에 빠져
詩를 쓰는 시간은 영혼을 맑게 하여 줍니다.
가끔은 세상만사 잊은 채 혼자만의 세계에 빠져
인생의 의미가 응축된 향기로운 글을 쓰도록
노력하며 남은 삶을 가꿔보려 합니다.

2020년 산골 내 아지트(컨테이너 방)에서
시인 이동백

♣ 1부, 동백처럼 동백꽃처럼

본문
시낭송
감상하기

QR 코드   스마트폰으로 QR 코드를 스캔하면
시낭송을 감상할 수 있습니다.

제목 : 동백꽃 사랑
시낭송 : 박영애

제목 : 아버지 기일
시낭송 : 박영애

제목 : 짧은 만남 긴 여운
시낭송 : 김혜정

제목 : 좋은 시(詩)를 써보려는 마음
시낭송 : 김지원

♣ 2부, 해처럼 달처럼

♣ 3부, 산처럼 강처럼

♣ 4부, 꽃처럼 시처럼

♣ 5부, 새처럼 바람처럼

1부, 동백처럼 동백꽃처럼

사시사철 푸르고
고운 자태로 우아하게 툭,
떨어지는 꽃

나는 몰랐습니다.

나, 태어난 곳은
상당산성 동문 밖 오솔길

머리에 장작을 인 만삭의 몸
20여리, 청주 읍에다 팔고
미역 한 잎 사 들고 바삐 오던
만 가을 해거름
양수가 터진 어머니 마음
나는 몰랐습니다.

동문 밖에서 맏이로 태어 낳았다고
자아가 형성될 즈음 부르던 동백(東佰)
60여 년이 지나서
필명(筆名)으로 쓰게 될 줄
나는 몰랐습니다.

내 숙명의 인생길에
흩어졌다 모인 생각의 조각들이
오묘한 글의 조화로 시(詩)가 될 줄
나는 몰랐습니다.

동백꽃

사시사철 녹색 옷 차려입고
짙은 립스틱에
수줍어 얼굴 붉히는 여인

하얗게 쌓이는 눈발 헤치고
불꽃같이 타오르는 그리움 찾아
물새 울고 파도치는 남촌을 왔건만

여인은 토라져 얼굴 돌리고
수줍은 듯 고개 숙인 지친 몸짓
뚝, 뚝 상사(相思)의 정한(情限) 떨구네

눈바람 속에 더욱 아름다운 여인
세속을 떨치려는 듯
꿈속에서나 범접을 허락하는
나의 여인이여

자귀나무를 닮은 나

내 영혼은 자귀나무와 닮아 있었다

나는, 자귀나무처럼
늦게 서야 인생의 눈을 떴다
그는, 산과 들이 푸르게 변해있을 때도
나목으로 죽은 듯이 서 있었다
나도 꿈만 꾸며
잠에서 깨어나지 못했다.

이른 꽃들이 피었다 지고 숲이 우거질 무렵
뻐꾸기가 탁란(托卵)하고 울 때쯤
자귀나무는 잎을 피우기 시작했다
나도 게으른 세월 속에 묻혀있다 정신 차렸다.

서둘러 분홍빛 깃털을 달은 꽃을 피운 그는
구름이 끼거나 어두워지면 잎을 오므려
자생력을 키웠다
나도 그처럼 마음이 우울할 땐 움츠리고
환해지면 가슴을 쫙 펴며 꿈틀댔다.

화촉 밝힌 봄날

두메산골 외딴집의 멍에를 쓰고
아픔이 스며든 헐벗은 가슴은
엄동설한에 갇힌 영혼이 되었다.

겨울 나목에서 뚝뚝 떨어지는 고독을 느낄 때
허전한 마음 달래려는 초라한 눈길
온기로 생기 돌아 꽃피울 날 고대하였다.

남촌의 봄소식 기다리던 어느 날
바람 타고 퍼져나간 간절한 소망은 메아리 되어
꽃 피는 사랑 오가게 되었다.

지게 지고 나무하러 자드락길 오르는
야윈 노총각 입은 귀에 걸리고
복수초 피는 봄
새로운 내 인생의 시작이었다.

동백꽃 사랑

바다 건너 멀리 떠난 그리운 임
하염없는 기다림에
붉은 연정 토해내는 여심

잊으라는 말 듣지 못해
외로이 임 기다리다
흰 눈 속에 더욱 붉어진 연정

어느 날 행여 찾아올까
거친 해풍 이겨내며
동박새 소리에 금빛 꽃술 감추고
그리움 가득 품은 선홍빛 붉은 입술

애타게 바라보는 수평선
속절없는 그리움
겹겹이 사연 담은 붉은 눈물
뚝, 뚝 떨어트리는 서러운 여심

제목 : 동백꽃 사랑
시낭송 : 박영애

스마트폰으로 QR 코드를 스캔하면
시낭송을 감상할 수 있습니다.

14

님의 침묵

어우렁더우렁 구 남매 부양하며
암니옴니 않으시고
침묵으로 지켜만 보시던 아버지

수많은 묵상 속
올망졸망 커가는 자식들의 아우성 들으며
응어리 어떻게 안으로 녹여 냈을까

잠재울 수 없는 가난의 밭이랑을 세면서
워낭소리 따라 운명의 수레바퀴 굴릴 때
당신의 침묵은 가장 좋은 답이 되었으리.

그 무언의 세월 속에 영혼을 달래며
긴 어둠 털어낸 선잠 깨기도 전에
새벽 별이 떠 있는 곳으로 가신님이여!

* 암니옴니 : 자질구레한 일에 대하여까지 좀스럽게 셈하거나 따지는 모양.

아버지 기일

삼십오 년 전
내 나이 서른이 채 되기도 전에
나목이 꽃잎 세우느라 분주할 때
새 울음 따라 돌아올 수 없는 먼 곳으로
꽃가마 타고 가는 긴 행렬 앞에서
통곡하던 잔상이 허공에 맴돌고
민들레 흰 손이 꼭 잡고 놓아주질 않았는데

병풍 앞에 지방 한 장 모셔놓고
촛불 켜고 향 사르고
메 한 그릇 갱 물 한 그릇
첨작을 올리며
영혼 찾아와 응감하리라
생시 모습 떠올리며 정성을 다해보네

괭이로 파고 잔디 입혀 만든 음택
돌고 돌아가는 길가엔
하얀 민들레꽃 피어있고
새들 노랫소리 여전한데
묘 앞에 시들지 않는 꽃
아버지인 양 웃으며 반겨주네!

제목 : 아버지 기일
시낭송 : 박영애
스마트폰으로 QR 코드를 스캔하면
시낭송을 감상할 수 있습니다.

동백꽃 연가(戀歌)

그리움을 베개 삼아
홀로 부딪치는 물결의 파란 외침을 들으며
심연의 바다에서 고기 잡는 낭군 생각에
드러난 갯벌이 밀물을 기다리듯
가슴 졸이는데

안개 사이로 스며드는 달빛처럼
다가오는 검은 그림자에 쫓기다
뜨거운 정절 지키려고
절벽으로 뛰어내린 혼이 살아나
하얀 겨울의 여신으로 붉게 피어난 꽃

낭군을 기다리다 지쳐
시퍼렇게 멍든 초록 옷을 입고
수줍은 섬 색시가 입을 살포시 벌린 모습으로
동박새의 고운 목소리를 빌려
노래를 부릅니다
나는 당신을 사랑합니다
나는 당신을 사랑합니다.

말이 쉬운 줄 알았는데

하고픈 말 다 해도 아니 되었고
하지 말았어야 할 말도 많이 했다
말을 꼭 해야 할 땐 침묵했고
침묵해야 할 때는 함부로 떠들었다

때론,
진심은 저 멀리 두고 허튼소리를 했다
그로 인해 오해를 불러와
상처를 주기도 하고 받기도 했다
내 입에서 나간 말들은
돌고 돌아 다시 나에게로 오기도 했다

말은 살아 있는 내 생각으로
영혼을 헐벗게도 하고 살찌우기도 했다
한마디의 말이
천당과 지옥을 넘나들게 하니
말, 쉬운 것 같으면서도 참 어렵더라.

하얀 바람

내 영혼의 빈터에 생각의 씨앗을 심어
마음에서 일어나는 시어를 찾아
행간 속에 채울 수만 있다면
욕심 없는 삶이라도 좋겠다

벗어날 수 없는 욕망의 그릇을 비우고
내 가슴의 문을 활짝 열어
헤아릴 수 없는 미묘한 뜻
소리 없는 마음으로 담아보고 싶다

지나온 삶의 남루함은 묻어둔 채
노을이 물드는 창가에 앉아
미완성의 그림을 그리며
한가로움을 훔치는 풍류객이고 싶다.

눈길 끄는 동백꽃

썰물 같은 그리움 묶어둔 채
좋은 시절 다 지나간 시린 계절
수많은 꽃이 스러지고 난 뒤
엄동설한에 홀로 피어
뭇 사람들 사랑의 눈길이 머무는 꽃

벌 나비 노닐던 쓸쓸한 빈자리엔
슬픈 여인의 흔적인 양 섧게 피어
시들지도 않은 채
우아한 모습 흐트러지지도 않은 채
아름다운 낙화는 붉은 눈물인가?

수많은 전설은 잠재워 둔다 해도
애타는 빈 가슴 어쩌지 못해
아린 향기를 지닌 섬 색시 같은
수줍음이 가련해 보여
속절없는 세월이 밉기만 하다.

내 삶의 옹이

아등바등 살아온 인생길에
울퉁불퉁 미워한 날들
지나고 보니 사랑이었습니다.

도토리 키재기를 하면서
내가 옳다고 다툴 때
옹고집으로 몸부림쳤던 날들

궁리가 안 되어 방도를 몰라
풀지 못해 옭매이던 매듭도
살아내기 위한 사랑이었습니다.

사랑이 만들어낸 삶의 흔적은
가슴에 무늬로 녹아내린
황혼빛 노을 속에 젖어봅니다.

지우고픈 흔적

차가운 가을비에 젖어버린
내 마음을 그 누가 아는가?
아픈 상처 남겨야만 했던
푸른 날 옹이 진 삶의 흔적
이제는 지우려 합니다.

새처럼 자유롭지 못한
내 영혼이 미워
온몸으로 가슴으로 삭여야 했던 세월
그 또한 인생의 음절인 것을

떨어진 낙엽 차갑게 젖는 걸 보며
생각에 스며드는 도지는 마음
기억 밖 저 멀리 보내고 싶어
여윈 어깨 토닥이며
가난했지만 따스했던 추억
끄집어내어 내 마음 다독입니다.

내 자서전을 읽어보니

살아온 인생을 쓰며 때론, 눈물이 쏟아졌었다
생각이 그때로 돌아가
흔적을 더듬어야 했던 까닭이더라

독서를 좋아하지 않는다는 그 사람이
다음이 궁금해서 멈출 수가 없고
가끔, 울컥울컥했다고 표현해줘서 고마웠다

누군가가 내 아리고 아픈 삶을 들춰보며
잊혔던 자신을 돌아 볼 수 있다면
내 삶을 쓴 글이
헛된 염원으로 남는 일은 아니리라

살아온 굴곡진 세월을 펼쳐 놓는다는 것은
아픔으로 얼룩진 응어리 녹여내며
잔잔한 회상에 잠겨 자신을 정화하는 일이더라

동백꽃처럼

백세 시대라지만
시들어 가는 꽃잎처럼 흐물거리고
매미 껍질처럼 얇아지는 피부
퀭한 눈 초점 없는 시선
하얀 벽과 마주한 서글픈 병실

모질게 살아온 세월이야 잊는다고 해도
남은 여한 없다 하여도
의지로 감당하기엔 옹색한
삶의 종착역으로 향하는 그 길은
겪어야 할 훗날의 내 모습일진대

흩어지지 않는 모습 그대로
툭, 떨어질 수 있다면
동백꽃처럼

눈물도 그리움이 되게 하는 것은

울음을 터트릴 수 있다는 것은
기댈만한 그 무엇의 여분이 있는 걸까
까마득한 절벽에 부딪혔을 땐
눈물을 흘릴 여력조차도 없더라

앞뒤가 꽉 막혀
헤어날 구멍을 찾으려 발버둥 칠 땐
힘들다는 현실을 깨닫지 못하는 것을
오직,
방도를 내야 한다는 차가운 머리와
뜨거운 가슴으로 견뎌낸 흔적들은
세월이라는 도깨비방망이가
나도 모르게 슬쩍슬쩍 지워주더라

덧댄 그리움이란 회상으로
아련한 추억이라는 선물이 되어
낯선 빛깔로
윤색(潤色)시켜 놓는 것이 세월이더라.

옛살비의 안식처

나, 돌아오리라
한남금북정맥 울타리 안에
가재와 송사리 잡던 개울

유년의 푸른 꿈 묶어놓고
암소와 친구 되어 텃밭 일구던

반쯤 잊힌 타다만 옛이야기는
하얀 그리움으로

나, 돌아오리라
아버지 삶의 애환 가둬놓은
영혼이 숨 쉬는

내 얼이 서린 곳으로

아모르파티

삶이란 꽃길 향해 달리는 길고 긴 여로
꽃은 피고 지고 피고 지고
미지로 가는 수없이 많은 길을 만나지만
어떤 길을 택해야 할 땐 가슴이 뛰는 데로

삶이란 사랑 찾아 꿈을 찾아 즐기는 여정
울기도 하고 웃기도 하며
하루하루의 빈칸을 채워 나가면 되지
신기로운 변화를 만들어 가고
슬픔도 기쁨도 받아들이는 것이 인생

삶이란 가슴이 시키는 일 찾아 떠나는 여행
발길 가는 데로 가다 보면
천둥도 치고 무지개를 보기도 하지
삶의 유랑 길에 손에 꼭 쥔 사랑 놓치지 말고

울림을 남기고 싶으면 글을 쓰고
춤을 추게 하고 싶으면 연주를 하고
아모르파티

사는 동안

늦깎이로 또바기 글 다솜에 빠져
혜윰에 취해
온새미로 살아가는 나날
텃밭을 가꾸듯 글 짓는 재미가 쏠쏠하다.

시나브로 옹골진 빛 글을 짓기 위해
애면글면 알알샅샅이 얼을 차려
라온누리의 멋진 글귀를 흐노니 하는
글쟁이가 된 삶이 마뜩하다.

내 혜윰 속으로 도깨비의 힘이 스며들어
짓는 글이 윤슬 같고 하늬바람 같아
매지구름 같은 응어리 날려 보내
맑고 푸른 하늘 같으면 좋겠다.

이야말로 글 다솜으로 글꽃을 피워
온 누리를 그윽하게 비추는 달빛처럼
소리 없는 소리로 녹아드는 별 글로
내 삶을 두드려 보리라.

우리말 뜻
* 늦깎이 : 사리를 남보다 늦게 깨달은 사람
* 또바기 : 한결같이 (언제나 한결같이 꼭 그렇게)
* 다솜 : 사랑을 뜻하는 우리 말
* 혜윰 : 생각이라는 뜻의 순우리말
* 온새미로 : 자연 그대로. 생긴 그대로
* 쏠쏠하다 : 품질이나 수준, 정도 따위가 웬만하여 괜찮거나 기대 이상이다.
* 시나브로 : 모르는 사이에 조금씩 조금씩
* 옹골지다 : 속이 꽉 차다
* 빛 글 : 세상 사람들의 빛, 곧 길잡이가 되라는 글을 쓰라는 뜻
* 애면글면 : 몹시 힘에 겨운 일을 이루려고 갖은 애를 쓰는 모양
* 알알샅샅이 : 소소한 것이라도 빼놓지 않고 어느 구석이나 모두다
* 얼 : 정신의 줏대
* 라온누리: 아름다운 세상
* 흐노니 : 그리워함
* 글쟁이 : 시인(글 쓰는 것을 직업으로 하는 사람을 낮잡아 이르는 말)
* 마뜩하다 : 제법 마음에 들 만하다
* 윤슬 : 햇빛, 달빛에 비춰 반짝이는 물결
* 하늬바람 : 서풍(맑은 날 서쪽에서 부는 서늘하고 건조한 바람)
* 매지구름 : 먹구름
* 이야말로 : 바로 앞에서 이야기한 사실을 강조할 때 쓰는 말
* 글꽃 : 글로 빚은 꽃
* 온누리 : 사람들이 생활하고 있는 세상
* 별 글 : 별처럼 아름답고 빛을 내는 글

동백이 피기까지는

계절이 예순 번이 훌쩍 넘게 바뀌고
이름 모를 꽃들이 수없이 피었다 지는 동안
웃음꽃도 피었다
울음 꽃도 피었다
삼백예순다섯 날을 그리움으로
기다리며 살았습니다.

끝없이 흘러가는 강물을 따라
마음 놓치지 않으려
꼭 잡고 놓아주지 않았는데
봄이면 피는 꽃은
해마다 피건만 그 꽃이 그 꽃은 아니었습니다.

계절이 예순 번이 훌쩍 넘는 동안
피었다 지고 또 피었건만
아직도 피지 못한 인생 꽃피우려
여윈 마음 한없이 추스릅니다.

님의 생을 회상하며

허락된 시간이
얼마 남지 않은 님의 병상에서
하얀 밤을 도려내던 날

어둠을 밀쳐내는 님의 뒤척임에
꼭 잡은 두 손의 온기 스며들 때
내 가슴 무너져 목이 메입니다.

마음 편하게 해드리지 못한 불효
너무 늦은 깨달음의 탄식은
갚지 못할 가슴의 빚만 짊어진 채

구 남매 키워낸 삶의 애환
긴 상념으로 더듬는 내 마음속엔
님의 한 없는 정 뼛속 깊이 박힙니다.

지게에 짐을 져봤는데

짊어진 짐이 양어깨를 짓누르면
버거움의 그늘이 일찍 철들게 하더라
그 짐은 가벼운 행동을 굼뜨게 하고
온전하게 살아내게 하는
원동력으로 삶에 영향을 미치게 하더라

빈 화물차가 언덕을 오를 때 헛바퀴 돌 듯
짐은 버팀목 되어 힘을 받게 하고
감당해야 할 짐이 무거울수록 고된 육신은
삿된 일은커녕 멍석잠에 빠지게 되더라

진한 어둠이 깔린 바다로 뛰어들 땐
죽을 각오를 하기에 살아나올 수 있듯
소용돌이치는 삶의 바다에서
나를 가둔 채 한세월을 떠안고
내 삶의 무게를 묵묵히 지탱해 보리라

* 멍석잠 : 너무 피곤하여 아무 데서나 쓰러져 자는 잠.

내 고향 산골

상당산에서 동으로 길게 뻗은
한남금북정맥이 울타리를 이룬 곳
숨겨진 금맥을 찾아 모여든 사람들
천막 아래 바람을 베고 황금 꿈을 꾸던
골짜기에 장이 서던 "막거리"
아련한 전설이 되어
옛이야기로만 남아있는 곳

좌청룡 우백호 골짜기 발원한 물이
굽이굽이 돌고 돌아 한강으로 향하고
금 닭이 알을 품는 형국의 터에
수탉이 홰를 치며 날아오르던 초가지붕 위
하얀 박꽃이 정겨운 풍경으로 어리던
옛이야기로만 남아 있는 곳

암소의 워낭소리 바람결에 흩어질 때
아버지 어깨에 멘 멍에가 무거워
담배 연기로 한숨을 날려 보낼 때
손에 호미 쥔 어머니 발걸음에 불이나
냇가로 부엌으로 동동거리면
굴뚝에 피어오르는 연기 속에
밥 짓는 냄새가 그리운
잊으려야 잊히지 않아 꿈에도 떠오르는
옛이야기로만 남아있는 곳

2부, 해처럼 달처럼

숙명과 운명이 마주하는 길목에서
인생의 영혼은 알 수 없는 삶 속으로의 여행이다.

바람을 닮고 싶은 마음

산을 넘을 수 없는 숙명 앞에
언저리를 애무하며 돌고 돌아가는 강

강을 막고 싶어 에워싸 보지만
요리조리 빠져나가는 강을
안타깝게 바라만 보아야 하는 산

강은 산을 넘지 못하고
산은 강을 막을 수 없는데

산을 넘고 강을 건너는
막을 수도 잡을 수도 없는 바람을
배웅만 하는 산과 강

그리움만 남겨두고 떠나가며
쉼 없이 움직이며 혼을 불어넣는 바람

그를 담고 싶은
자유로운 영혼을 꿈꾸는
내 마음입니다.

어둠을 밝힌 빛글

바늘과 실이 만나 한 땀 한 땀
줄기와 이파리를 만들 듯
닿소리 홀소리는 뼈와 살이 되어
숱한 꽃송이로 피어나
하얀 설렘을 주네

가로줄 세로줄 동그라미 빗금이 어우러져
그믐밤별처럼 초롱초롱한 글이 되어
동살처럼 온 누리를 비추고
오롯이 품고 있는 뜻은 없는 길을 만든다.

마루 아래 뉘 어느 곳에서
이토록 소름 돋을 먹빛 만남이
눈을 열어 감치는 느낌으로
춤사위를 펼치는 어울림을 녹여낼까

닿소리 홀소리가 만들어낸
거믄 즈믄 온 일흔두 개의 글귀는
별이 되고 구름이 되고 바람이 되어
소리 없는 울림으로 가슴에 남아
겨레의 얼로 살아 숨 쉬고 있다.

우리말 뜻
* 빛글 : 세상 사람들의 빛, 곧 길잡이가 되는 글을 쓰라는 뜻
* 숱한 : 아주 많은
* 동살 : 새벽에 동이 터서 훤하게 비치는 햇살
* 온 누리 : 온천지의 순수한 우리말
* 오롯이 : 모자람이 없이 온전하게
* 마루 : 하늘의 우리말
* 뉘 : 세상의 옛말
* 감치는 : 잊히지 않고 늘 마음에 감돌다
* 거믄 : 만에 해당하는 우리말
* 즈믄 : 천에 해당하는 우리말
* 온 : 백에 해당하는 우리말
* 얼 : 정신의 줏대

순우리말 글짓기 주제: 가갸 가갸날(한글 한글날)
한글 창제 572주년 기념 전국 시인 공모전 은상 수상작.

시비(詩碑)

등단이라는 황홀한 멍에를 쓰고
톡 톡 튀는 시어를 낚아 올릴 때
가물거리는 풍경은 안개 속으로 사라져
꿈속에서 헤매고 있었다.

유랑하는 내 영혼의 허기를 채우려
"대한창작문예대학"에서 공부하며
눈물 나도록 힘겨운 고뇌에 빠져있을 때
명강의와 지도에 가슴 찡한 기쁨을 맛본다.

세월의 긴 강을 건너는 한 시점에서
절반도 담아내지 못하는 글을 빌려
내 인생의 발자취를 돌에 새겨
지워지지 않는 흔적으로 남기고 싶다.

시비(詩碑) 옆에서

내 마음 그린 시비를 세우기 위해
봄여름 가을 겨울
궁리에 방도를 찾아보았네

내 영혼을 담은 시비를 세우기 위해
나름 괜찮은 시 한 편 지어
고향 집 뜰 앞에 자리를 잡았네

오석과 마주한 석공의 심정이 되어
천년의 소망을 새겨 놓은 기분으로
한 획 또 한 획에 눈길을 주네

오랜 세월 내 고향 터를 묵묵히 지키며
오가는 사람과 마주할 파수꾼
시비 옆에서 뭉클해지는 가슴을 느끼며
은근한 눈빛은 흐뭇한 표정이 되네

땅을 일구는 돌

정사각형 들판을 바라보며
깃발을 꽂고 진을 치며
한 땀 한 땀 내 영역을 넓혀 나간다.

무기라고는, 흰 돌과 검은 돌이
격돌하는 무언의 전쟁터

듬직한 힘으로도
살가운 인정도
명예를 짊어진 연륜도
수 앞에서 꼼짝할 수 없다.

일수불퇴
한 번의 실수도 간과하지 않고
한 치 앞도 모르는 안개 속
아득한 인생 여정인 것을

점과 선을 따라 움직이는 흰 돌과 검은 돌은
자연의 법칙과 우주를 품은 채
생과 사의 길목에서 침묵으로 부활을 꿈꾼다.

뻐꾸기 우는 사연

남의 둥지에 아니 온 듯 스며들어
이곳저곳 분신을 낳아놓고
대리모 품에서 알을 깨고 나오는 날
어미의 음성 들려주려고
앞산 뒷산 허공을 가르며 울어 대는 새

먹이를 물어다 주는 어미보다
더 클 때까지 입 크게 벌려 받아먹고
쑥쑥 자라라고 응원하는 소리

가슴으로 둥지를 품지 못해
먼발치에서 마음 졸여야 하는 운명
어미 품으로 가기 위해 다른 새끼를
밀어내야만 하는 숙명을 안은 새

애잔한 그리움 전하려는 모성
구슬픈 노래가 되어 유랑하는 몸짓
애끓는 통곡은 환희의 날갯짓으로
황홀한 청산에 청산을 누빈다.

부처님오신날 선운사 풍경

붉은 기다림의 춘백(春柏)은 잠들고
바람은 무대를 녹색으로 바꿔
오월 속에 갇힌 고요한 산사
밀물이 넘실대듯 밀려오는 중생들
숲이 뿜어내는 부드러운 향기를 가르는
새들의 노래가 반겨줍니다.

대웅전 앞 석탑 위로 인연의 끈 따라
소박한 꿈 연등에 매달아 놓고
부귀영화 탐내려는 마음 날려 보내며
희로애락 번뇌에서 벗어나
세속에서 찌든 때 녹아내려
맑아지는 한줄기 영혼이 됩니다.

지혜와 자비로
아름다운 세상 꿈꾸는 부처가 되어
마음의 눈을 떠 귀를 열어 놓고
가슴을 텅 비우면
물욕도 집착도 저 산을 넘어 날아갑니다.

한여름 밤의 애환(哀歡)

애잔한 뻐꾸기 울음소리
돌아올 봄날을 기약할 즈음이면
어둠을 털어내며 슬피 우는 소쩍새
소쩍소쩍 솥적다 솥적다.

메아리 되어 전설처럼
허공에 흩어질 때
잠 못 드는 홀어머니 가슴을 파고들어
보릿고개 넘던 옛 설움 돋우는데

굶어 죽은 여인의 사무친 한이 되어
넋이 살아난 소화의 절규인가
못다 이룬 사랑의 비련인가
부랑의 운명 걸머진 채
길게 누운 산맥을 헤매는
정녕 그대는
한여름 밤을 지새우는
어둠의 화신인가

세상이 잠든 거대한 산은 침묵하건만
큰솥 준비하라, 풍년 기원하는 노래인가
영혼을 뒤흔들어 가슴을 후벼 파고드는
소쩍소쩍 솥적다 솥적다.

* 소화 : 전설 속의 여인

43

달라진 풍경(세종시)

낮은 산들이 이사를 했다
곡식이 자라고
고라니 뛰놀던 들판에 산이 옮겨 왔다
그곳에 더 높은 회색 숲이 들어섰고
그 숲속에는 거대한 동굴이 있고
조그만 문이 열려있다
그 문으로 시도 때도 없이
들락거리는 희고 검은 괴물들

달 밝은 밤 초가지붕 위 하얀 박이
앉아있는 할머닌가 했었는데

이사 가지 않은 산은 그대로인데
산이 옮겨가고 옮겨온 산 모습은 딴 세상이다.
고샅길 오가던 흙 담장에 기대
수다를 떨던 정겨움은
꿈속에서나 만날 수 있는 풍경이 되고
마을안길 소달구지 경운기 다니던 흔적은
아련한 옛이야기가 되어
추억 속에 묻혀버린 전설이 되었네.

미워할 수 없는 너

너를 좋아하면 따라온다기에
미워하면 달아난다기에
너를 잡으려고 안간힘을 쓴다.

누구도 너를 싫어하지 않으면서도
인생의 다는 아니라 하면서도
너 때문에 울고 웃는 게 인생이더라.

너로 인해 세상사 문제가 생기기도 하고
풀리기도 하는
인생의 유일한 해결사인 것을

잘 다루기만 하면 귀한 대접 받지만
잘못 건드리면 비난을 면할 수 없는
눈도 코도 없는 것이 세상의 요물이더라.

돌고 도는 너만
내 마음대로 주무를 수 있다면
세상은 온통 보랏빛 되어
하얀 구름 타고 하늘을 날아다니리.

말과 글

말은 맛이고
글은 멋이다.

말은 즉흥이고
글은 여운이다.

말 잘한다고 글 잘 쓰는 것도 아니고
글 잘 쓴다고 말 잘하는 것도 아니다

말을 많이 해야 잘하는 것도 아니고
글을 많이 써야 잘 쓰는 것도 아니다

말은 잘해야 하고
글은 잘 읽어야 한다.

말은 동(動)이고
글은 정(靜)이다.

세상을 어지럽히는 불청객

몰래 숨어 들어오는 검은 그림자
허공을 맴돌다 머무는 그곳에는
영혼을 빼앗으려는 악마가 웃고 있다.

언제 어디서 어떻게 오는 건지
아무도 알 수 없는 오리무중
보이지도 않는 것이
냄새도 없는 것이
첨단 시대를 조롱하는 검은 그림자
꼭꼭 숨어 숨바꼭질하는 사이
죽음의 공포가
도심의 한복판에서 기웃거린다.

온통 세상을 어지럽히며 마비시키는
신종 코로나바이러스는
언제 내 곁으로 옮겨붙을지 알 수 없기에
불안과 초조로 일상을 굼뜨게 한다.

꺼지지 않는 불꽃

라일락 꽃그늘에 앉아
사랑하는 여인과
찻잔과 파우스트를 사이에 두고
괴테의 사랑 이야기를 나눈다
반쯤 잊힌 옛이야기가
기억으로 떠오르는 것은
붙들어 매 놓은 마음 남아 있기에

뜰에 핀 꽃도 아침 향기와
저녁 향기가 다르듯
젊은 시절 읽은 괴테의 연분홍빛
사랑 이야기가
다른 색깔로 길게 살아나듯
여운도 깊은 사유도 희미해졌다
메아리 되어 전설처럼 떠오른다.

우람한 고목의 나뭇잎은 떨어지고 쓰러져
세월 저편에 유폐되어 있다
고목은 썩어 흙이 되어도
남긴 문학의 나무엔 꽃이 핀다
뜨거운 가슴을 통해 슬픔과 고통을 삭여
시어로 피어난다.

목마름에 시달리는 가슴을 채워주고
기쁨들을 찾아 만족시켜 줄 거라는
갈망이 채워질 수 없다는 것을 알기도 전에
옛 열정이 마음속에 남아 있을 때
새로운 열정이 시작될 수 있었다면
베르테르의 슬픈 사랑을
괴테는 노래하지 않았을 것이다
라일락꽃이 지고 있다
찻잔에 담긴 향기를 남겨 둔다
마음 깊은 곳에서 불꽃이 사그라지고
또다시 타오른다.

하얀 미소

마곡사 정문 해탈문을 지키는
금강 역사상 문수동자상과 눈인사 하고
속세를 벗어나 불계의 마당으로 들어선다.

두 번째 천왕문은 불법을 수호하는
사천왕의 올바른 인도를 마음에 새기며
더 깊은 불법의 진리로 향하라 하는 듯한데

쇠 북 종을 바라보며 극락교를 건너오니
대광보전 앞 석탑에 매달린 풍경 사이로
지나가는 바람이 하얀 미소를 건넨다.

대광보전 위에 앉아있는 대웅보전 옆
'그대의 발길을 돌리는 곳, 이란 문구는
깊은 생각에 젖어보라는 울림으로 남는데

옹이가 썩은 나무는 삶의 의미 일러주고
노승의 독경 소리 목탁 소리는
사바세계의 고통을 잊으라 하는데

움켜쥔 마음 내려놓지 못하면서
허세와 위선의 탈 벗지도 못하면서
고목의 빈 가지 사이의 허공에 귀를 열고
소리 없는 소리를 들으려 한다.

* 신인문학상 수상작

간월암에서

바다 위에 떠 있는 달을 보고
홀연히 깨달음을 얻었다는
무학 대사의 전설을 간직한 섬

물길 열려 건너온 중생들은
간절한 소망 소원지에 적어
바람에 전해 달라 하고
정성 다해 쌓아놓은 돌탑들은
파도에 지켜 달라 기도하는데

나비가 나풀나풀 날아오르듯
물결이 찰랑찰랑 밀려들어 오면

무명세계의 애착 집착 미련 모두다
켜놓은 촛불에 타게 두고
들어온 길 막힐세라 뭍으로 나가

마음의 눈을 뜨고, 마음을 보려는데
토라진 바람에 물결만 인다.

눈물

아프지 않고 사는 사람이
어디 있을까
상처 없이 고통 없이 사는
사람이 어디 있을까
너 나 없이 아파하며 사는 것이
우리네 인생인 것을

인생은 몸만 아픈 것은 아니다
마음도 아프고 영혼도 아픈데
보이는 아픔만 아픔이 아닌데

알아주는 이 없다고
서러워 말라
다 그렇게 사는 게 인생인 것을

보았는가?
느꼈는가?
소리 없이 주르르 흘러내리는
뜨거운 인생의 맛을

차전초 (질경이)

밟히고 또 밟혀도 돌아앉을 수 없는
걷어 채이고 찢기고 부러지면서
강하고 모질게 살아내야만 한다.

질기고 질긴 생명력으로
길바닥에 주저앉아 꽃을 피워 내며
생을 잉태하는 숙명을 받아들인다.

말라붙은 진물을 안으로 살려내며
처절한 눈물의 고통은 약이 되어
아낌없이 나눠주며 제 몫을 한다.

아리고 슬픈 상처 탓할 줄도 모른 채
툭툭 털어버리며
무디고 여린 민초를 닮은 영혼처럼
영롱한 이슬 머금고 파랗게 살아난다.

겉과 다른 속마음

욕심부리지 않고 내려놓겠다는 것
애착을 버리겠다는 것
마음을 비우겠다고 하면서
비우지 못하는 것은
마음과 행동이 다름에서 오는 것

겉과 속은 다른 것이기에
같게 해보려고 해도
애당초 같을 수 없는 것
그럼에도
너무 쉽게 비웠다는 것은 생각의 가벼움

마음과 말, 행동이 일치하려면
신의 경지에 도달해야만 될 것을
도달할 수 없다는 것을 알면서도
욕심내지 않는다고
진심 아닌 진심을 쏟아놓고
허둥대는 내 마음

나무에 걸린 낮달

산을 오르다 고개를 젖히고
파란 하늘을 보니
흰 구름에 걸린 맑은 달

구름인 듯 아닌 듯
보일 듯 말듯 떠 있는 하얀 달
흩어진 기억인 듯 발길 멈추게 하네

나무에 가려져 있는 듯 없는 듯
눈길 주는 이 없건만
나를 들어낼 어둠을 기다릴 뿐

차 있는 듯 비어 있는 듯
고요히 떠 있는 희미한 조각 한 점

존재감 없는 듯한 허허로움이
초로로 향하는 내 마음 닮은 듯하구나.

짧은 만남 긴 여운

내 안에 잠자는 생각을 깨우기 위해
설렘으로 가슴을 데우고
배움의 전당에서 만난 우리
같은 곳을 바라보며
함께 걷는 길이 행복하다.

향기를 풍기는 시어를 잡으러
꽃 위를 맴도는 나비가 되어
잊어버린 꿈 찾아 젖은 마음 내려놓고
숨은 보물을 찾으려 날아다닌다.

때론, 짜릿한 시어에 감염되어
은밀한 기쁨을 엿보기도 하고
꿈을 엮어 영혼의 집을 짓기 위해
색과 향이 다른 꽃 활짝 피워
삶의 갈증 채우려 손에 손잡고 걷는다.

제목 : 짧은 만남 긴 여운
시낭송 : 김혜정
스마트폰으로 QR 코드를 스캔하면
시낭송을 감상할 수 있습니다.

시지프스의 돌

벽을 기어오르는 담쟁이넝쿨
순을 잘라도 잘라도
끊임없이 기어오르듯

밀물이 썰물 되고 썰물이 밀물 되듯
기울고 차오르기를 반복하는 달처럼

쌓다가 무너진 가슴 추스르며
또 쌓고 쌓아야 하듯
멈출 수 없는 게 삶이란 인생이다

믿음이라는 꿈을 향해
한 발 한 발 나아가야만 하는
고달픈 인생길은 끝이 없기에
무너지고 쓰러져도
일어나 힘차게 걸어야만 한다

시지프스의 돌처럼

모래에서 싹이 돋는다면

세월의 뒤안길로 사라지지 않을
세상에 남길 글 한 편을 쓸 수 있을까
백사장의 모래에서도 싹이 돋는 일이
일어날지도 모를 기대에 젖어본다

세월이 흘러도 세상에 남을
잊히지 않을 글 꽃을 피워보려고
마음의 빈터를 가꿔보건만
아직도 영근 씨앗 품지 못하고 있다

그럼에도 식지 않는 설레는 가슴은
안개 속에서 헤매는 꿈을 꾸며
혹여 지나는 길손 봐줄지도 모를 기대에
단명할지도 모를 변변치 못한
보따리를 풀어 놓고 싶어 한다.

말로만 하는 솔선수범

아흔아홉 석을 가진 자가 한 석을 취해
백 석을 채우려는 게 인간의 욕심인가
높은 자리에 앉은 나리들이여
말로만 내려놓으라 하지 말고
앞장을 서보시게 나

갈 때는 빈손으로 간다면서
바리바리 챙기고
차곡차곡 쌓고 또 쌓으면서
말로는 비우고 버리라 하네.

쥔 것 없는
한 많은 이 세상은
없는 자 가 있는 자를 위해
못난 자가 잘난 자를 위한 세상인가

뜨거운 거 뱉지도 못하면서
차가운 거 삼키지도 못하면서
말로만 비우고 내려놓으라 하는구나.

3부, 산처럼 강처럼

산은 묵묵히 숲을 키워내고
강은 끊임없이 흘러가는 강물을 바라보며
늘 그 자리에 서 있다.

산(山)

산은
마음의 고향이요
듬직한 친구다
하지 못한 말 숲속 새들이 대신해 주고
고운 꿈 말없이 키워준다
못다 부른 사랑 노래는
골짜기 흐르는 물이 불러준다
나무 사이 낮달이
내 마음 훔쳐보는데
떠도는 바람이 구름을 불러 가려준다

산은
언제든 오라 손짓하며
기다려 주고 받아주고 감싸 준다
철 따라 다른 옷 갈아입고
새와 물과 바람과 친구 되어
위로가 되어주는 산은
언제나 말없이 대화하는 내 친구다.

꼭 가봐야 할 산

지구의 변방에 우뚝 솟은 봉우리에
작은 바다가 웅크리고 앉아
동과 서로 생명수를 흘려보내는 산

허물 수 없는 벽에 가로막혀
사무치는 그리움이 못내 아쉬운
장엄한 신비를 품고 있는 영산

빙결의 영토에 힘찬 맥박 소리 들려
두 손을 맞잡고 통한의 강을 건너
등산화 신발 끈을 조여 매고 싶다.

남과 북이 하나 되는 그날이 오면
기쁨으로 얼룩진 환희의 눈물을 거두고
벅찬 경련을 느끼러 백두산 오르리.

상당산성의 가을

계절이 익을 대로 익어갈 무렵
차곡차곡 쌓여가는 그리움의 향기 따라
공남문 앞 광장 숲속에 머문다.

"산성에서"를 노래한 매월당 시비(詩碑)는
내 발길 멈추게 하여
곱게 물든 단풍 같은 추억 속을 거닐게 한다.

영혼 깊은 곳에서 길어 올린 꿈은
부재의 세월 저편 마법에 걸린 채
빈 나뭇가지에 매달려 있었다.

옛날의 쇠 북소리 성벽에 갇혀있고
희미한 옛사랑의 그림자 기웃거릴 때
떨어지는 낭만을 주우려 서성이고 있다.

권금성 조망

대청봉에서 길게 흘러내린
공룡능선 울타리 안에
외설악의 비경이 모여 앉아
바람과 구름을 희롱하는 세월

한국의 에델바이스'산솜다리,
만물상 바람 뒤에 숨어
허공을 품은 그리움은
헤아릴 수 없는 끝없는 목마름

기암절벽 틈 사이로 파고든
얽히고설킨 뿌리의 분신
까마득한 시간을 붙잡고
숙명이 만든 경련의 자태여

하늘이 품어 만든 설악의 풍경에
뗄 수 없는 눈길
떨어지지 않는 발길을 돌린다.

농다리

선인들의 지혜가 살아 숨 쉬는
세금천 휘돌아온 물과 마주앉자
세월의 노래에 취해있는 돌

진천의 숨결이 영원으로 이어져 온
정겨운 풍경 고스란히 간직한 채
흘러가는 사연 품어 앉고 있는 돌

고향의 향수를 풍기는 낭만을 붙잡고
미르숲을 연결하는 징검다리가 되어
도란거리며 흐르는 물의 포로가 된 돌

돌과 돌이 인연 되어 얽힌 천년이여
물과 바람과 어우러져 버텨낸 시간
강을 묶어 놓은 긴 발자국에 잠긴다.

풍경소리

뎅그랑 뎅그랑
고요를 가르는 바람이 지나는 소리가
묵상에 잠긴 마음의 빈터에
깨어나라는 외침으로
가슴을 긋는다.

흰 여백을 채우고 싶은 욕심은
깊은 산중 소묘인 듯
고찰의 허공에 매달린 물고기

채워진 마음 비워 보라는
가르침 터득하지 못하여
법당을 기웃거리는데
부처는 미소만 지을 뿐 말이 없고

눈을 뜨고 귀를 열어 보지만
보아도 보이지 않고
들어도 들리지 않는다.

사랑의 그림자

강 언저리에 너를 남겨두고
세월 따라 물처럼 흘러가야만 했던 나

철없던 시절 멍한 시선 접지 못하고
애를 태워야만 했던 사랑

같은 하늘 아래 닮은 노래 들으며
가슴 아린 날들이여

아련한 너는 산모퉁이에서
돌아서지 못하고 머뭇거릴 때

나는 왜 함께 가자 하지 못하고
마음 한 자락만 남겨 놓았을까

아스라한 기억 저편 그리움 스칠 때면
하고픈 말 삼켜 버린 체

동여맨 마음 아직도 풀지 못하네.

박달재터널

산모퉁이 돌고 돌아
험준한 중허리를 숨 가쁘게 오르니
천등산 박달재엔
구슬픈 음악이 울려 퍼지고
산맥을 깔고 앉은 번지 없는 주막엔
시간을 잊은 길손들
도토리 묵무침에 막걸릿잔 기울이며
박달 도령과 금봉 낭자의
이루지 못한 애달픈 사랑을 이야기한다.
사랑만으로는 살 수 없고
사랑 없이도 살 수 없는 게 인생인데
부서진 꿈 주워 모아 놓고
아련한 전설로 살아나
나그네 발길 붙잡아 매는 아름다운 서정
등 돌리고 외면해버린 채
낭만이 흐르는 길은 덩그러니
산허리에 얹혀있고
괴물이 벌린 입속으로 빨려 들어가는
군상들의 행렬

강물 위에 얹힌 풍경

선인들의 지혜가 숨 쉬는 구름다리
산모퉁이 휘돌아온 강물 위에 앉아
세월을 노래하며
시간을 동여매 붙들고 있는데

동과 서를 사이에 두고 놓인 외길
만나면 반가움에 건네는 눈빛
슬 적 비켜서는 마음속엔 정이 묻어나고

그리움의 허기 달래던 기억 저편에
가물거리는 타다만 상처가 쓸쓸히 웃는데
흘러간 그리움 짊어진 나그네
돌아서는 발길 망설이게 하는 섶다리

강가의 추억

흐르러가는 저 강물은 내 마음
강물은 노래하며 흘러가는데
강은 그 자리서 지켜만 봅니다.

그리움이 머물다간 강가의 추억
정다웠던 그 모습이 떠오를 때면
사랑했던 그 시절이 생각납니다.

흐르러가는 저 강물은 너의 마음
낭만이 머물렀던 그 자리에는
미련으로 멍울진 마음 여울집니다.

아름답던 그 시절 그 추억들을
강물에 풀어 놓으면
다하지 못한 아쉬움에 머뭇머뭇
돌아보는 그 모습은 사랑입니다.

월류봉 연가

벼랑에 얹힌 팔각정을 휘감아 도는
여울물을 배웅하는 달빛의 고요가
시객의 발목을 잡고 놓아주질 않는다.

흥건히 쏟아져 내리는 달빛에 젖어
애잔한 소쩍새 노래에 취해
강가에 기댄 낭만은 풍경 속을 거닌다.

나는 정든 달을 불러내려
마주 앉아
술잔 속의 달그림자 출렁일 때
세속의 고민 사라지고 삶의 애환 녹이는
마법의 그물에 걸려
미련, 그리움 밤바람에 띄워 보낸다.

월류봉

절벽에 얹힌 누각은
찾아오는 이의 눈길을 머물게 하고
수많은 세월
비와 바람이 만든 걸작품은
보고 있어도 보고 싶은
살아있는 그림이구나

헤아릴 수 없는 많은 사람이
가슴으로 담아갔을
차마, 잊히지 않아 또 찾아왔을 미련
초강천 어귀에 묶어 놓고
봉우리에 걸린 달을
볼 수 없는 아쉬움 남겨둔 채
돌아서는 발걸음이 떨어지질 않아
한 번 더 뒤돌아 바라보는
풍경이 눈에 밟힌다.

쑥버무리

양지바른 밭 언저리에
봄이 내려와 앉아 노는 자리
고개 쑥 내미는 쑥
향긋한 풋내 살포시 풍기면

춘궁기 어머니 눈길 끌어
주린 배 달래 주던 선물
어린 자식 배 채워주려
밀가루 분칠하여 푹 쪄낸 채반에

여러 남매 둘러앉아
손으로 뜯어먹던 옛 시절 떠올라
해마다 이맘때면
그 맛을 찾으러 나들이 간다.

깨달음의 미소

태고의 정적을 품고 있는
산속 절경의 벼랑에
영원불멸의 모습으로 각인된
부처가 되고 싶은 소망을 품은
어느 무명 석공은
부처상을 떠올리며
깨달은 자아를 암면에 투영하려는
오직 그 열정으로
절벽에 매달려 징과 망치를 들고
인고의 무상을 쪼을 때
바위 속에서 나오는 부처를 바라보며
흐뭇한 미소가 만면을 채웠으리라
그 미소는
길을 잃고 방황하는
삶의 고비에서 절망하는 절벽이
깨달음의 길이 되고 깨달음의 길은
오직 무언의 미소로 일러주는
마애불 앞에서
촛불 켜고 두 손 모으는 중생들의
마음을 녹여 주리라

힘내세요, 그대여

넘어지고 일어서며 살아온 날들
상흔이 아른거린다고
슬퍼하지 마세요

바람 불고 천둥 친 날 있었다고
서러워하지 마세요
밝은 햇살 비친 날이 많았잖아요

풋사과 같던 그대 모습
누런 호박이 앉아 있는 것 같다고
애달파 하지 마세요

분신의 꽃 바라볼 수 있으니
켜켜이 쌓인 흔적 뒤적이며
꿈을 꾼 듯 지난 세월의 노랠 불러요

보고 있어도 보고 싶은 그대여
보고 있어도 그리운 그대여
힘내세요, 붉은 노을 지는 날까지

가지 않을 길

꽃이 피고 지다 서리꽃 피었는데
꿈결처럼 지나간 되돌릴 수 없는 세월
뒤돌아보면
아리고 아픈 기억 살아납니다.

어긋난 감정 추스르려
풍랑을 잠재우며 노 저어온 날들
마음을 데우며 응어리 녹이려
열정의 소용돌이를 헤쳤습니다.

애타게 두드리던 삶의 종소리는
허둥대던 가슴속으로 스며들어
목마른 생의 뿌리를 착근시킬 때
활활 타오르는 불꽃이었습니다.

여기까지 달음박질쳐 와 돌이켜보니
그간의 한숨일랑 잊는다고 해도
청춘으로 다시 돌아가라 하면
나는 다시는 그길로 되돌아가지 않으리.

소양강 처녀

호반 풍경의 낭만이 그리워질 때면
애타게 기다리고 있을 그 여인을 만나러
아롱지며 흐르는 물길을 따라 길을 나선다.

꽃을 든 묘령의 여인은 설레는 가슴으로
멍든 마음 강바람에 치마폭 날리며
돌아온다, 맹세한 임을 하염없이 기다린다.

세월의 강을 건너 그리움 가둬 놓은 호수에
물오리 떼 떠 있고 하늘엔 흰 구름 그윽한데
그 여인은
서 있는 물그림자 일렁이며 오늘도 섧다.

위대한 매력

나뭇잎이 하나둘 새롭게 피어나
아름드리나무의 그늘을 만들 듯
열아홉 자의 자음과 스물 한자의 모음이
이파리처럼 피어나 글 나무를 만든다.

자음과 모음이 조화를 부려
수없이 많은 음절이 되고
때론 천당과 지옥을 넘나드는
도깨비춤 사위를 펼친다.

세상의 어느 글자가 이토록
아름다운 꽃송이로 피어나
모양과 의미를 다르게 만들어 내는
묘술을 부릴 수 있을까

자음과 모음이 만들어낸
만 천 백 칠십이 개의 음절은
별이 되고 구름이 되고 바람이 되어
가슴속에서 살아 꿈틀거리며
영혼 속으로 스며드는 향기가 된다.

벼랑에 선 천년 지기

솔향 솔솔 풍기는 산막이옛길
깎아지른 절벽에 매달린 백년송
말 한마디 건네지 못한 채
오가는 이의 시선을 유혹하며
지나가는 발길 멈추게 한다.

사시사철 푸르름으로
하나의 꿈을 심어주는 소나무는
내 마음 그대에게 머무는 동안
붙잡고 놓아 주지 않는 여운은
바람에 흔들리고 세파에 흔들릴 때
변하지 않는 푸른 정신일 게다.

화려한 꽃으로 소리 내지 못해도
잠들지 않는 영혼의 눈물 멈추게 하는
꽃보다 더 은은한 향기로
시린 가슴을 파고들어
무딘 나의 얼을 일깨운다.

눈 오는 날의 그리움

지난날 우리가 거닐던 숲속에
오늘은 흰 눈이 내립니다.
우리가 마주 보며 속삭이던
공원 벤치 위에도
그리움이 솔 솔 쌓입니다.

지난날 우리는 사랑을 나누었고
오늘은 눈 내리는 공간에서
그리움을 만납니다.

함박눈이 솔 솔 내리는 동안
또 많은 사람이 서로를 사랑하고
먼 훗날 만나지 못해 그리워하며
눈 내리는 이 계절이
또 그렇게 가고 또 오겠지요.

게으름에 빠진 자귀나무

깊은 사랑 꿈에 취해
세월 가는 소리 잊었는가?
풀어놓은 초록 물감 번져만 가는데

꽃피고 새가 우짖는 소리
자장가 되어 깨어날 줄 모르는가?
엄동설한 못 이겨 사목(死木)이 되었는지
만져보고 꺾어 보며 생사가 궁금한데

환한 얼굴 보아야 날개를 펴고
어두운 그림자에 날개를 오므리고
연분홍색 고운 깃털 펼쳐 뽐내는
부부 금실 상징하는 자귀나무

죽은 듯 긴 잠에서 깨어나지 못하는
그대는 정녕(丁寧)
뻐꾸기 우는 사연 알고 있단 말인가?

뻐꾸기 울음소리에 놀라 눈을 뜨는 나목

옹졸한 내 마음

온갖 꽃들이 피고 지는 SNS 언덕
카카오스토리를 헤집고 다니다 보면
은근히 자랑하고 싶어 심어놓은 꽃밭의 꽃
야생화 같은 꽃에서 향기를 맡는다.

그렇고 그런 흔한 들꽃 중에서
가끔은,
향기가 그윽하게 풍기는 예쁜 꽃에
눈길이 사로잡혀 머뭇거린다.

우아하면서도 청초한 꽃이 눈에 들어오면
좋아요. 한번 눌러주고
다녀간 흔적 살며시 남겨 놓는다면
그 향기는 내 가슴으로 스며들어
마음의 빈터에 씨앗 하나 촉 틔우련만
훔쳐보며 눈요기로 허기만 채우고 돌아서는
옹졸한 심사가 밉다.

4부, 꽃처럼 시처럼

한 송이 꽃은 시가 되고
시는 꽃이 되고 사랑이 되어
내 언저리를 맴돈다.

하얀 그리움

메밀꽃 필 무렵이면 떠오르는 봉평
소설책 읽던 기억 맛보고 싶어
"소금을 뿌린 듯이 흐뭇한 달빛에
숨이 막힐 지경이다"
한 구절을 읊조리며 메밀밭 사잇길 거닌다.

울림이 있는 문학의 축제장에서
소설 속 장마당을 구경하고
상상의 나래를 펴 보려는 듯
알록달록 모여드는 인(人) 꽃들의 행렬

하얀 메밀꽃은
효석의 운명처럼 짧게 피어 아쉬움 남고
하얀 그리움으로 머무는데

세월이 흘러도 소설 속 이야기는
내 마음에 깊이 각인되고
사색의 공간을 채우는 인향(人香)은
인연의 달빛 언덕으로 스며들어
영혼의 꽃이 핀 듯 하얗게 살아난다.

라일락꽃

벚꽃 저문 뜰에
연두 잎 살랑이며 때를 기다리던 라일락
코를 자극하는 그윽한 향기 풍겨오면
잃어버린 감성 일깨우던 잔잔한 파문
젊은 날의 보랏빛 꿈 간직한 채
설레게 했던 달콤한 유혹의 시절

첫사랑,
목마른 갈증을 풀 내 상념의 뜰에서
은은한 향기로 설렘을 선사했던 너

그리움의 빈 가슴 한 모퉁이로 저며 오는
향기로운 그대 입술 같은
사랑에 취하고 낭만에 빠져버린 세월

라일락 꽃피면 떠오르는 잊혀진 사연
잡힐 듯이 사라지는 무정한 계절은
하염없는 그리움 되어 나의 애를 태운다.

인동초 예찬

칼바람 스치는 냇가에서
인동 넝쿨 걷어다
푹 삶아 우려낸 진한 국물은
어머니의 사랑 담긴 약이 되어
소리 없이 스며드는 독감을
쫓아 보내는 건강 파수꾼이다.

잎은 봄나물의 별미 입맛 돋우고
넉넉한 꿀을 담은 꽃은 벌을 부르고
"사랑의 인연"이란
꽃말을 지닌 금낭화
산야에 묻혀있는 보물이다.

혹독한 추위 견뎌내며
푸른 잎 떨구지 않는 강인함은
모질게 살아내는 삶의 역경 닮아
인동초 인생이라 말하는 건
오뚝이처럼 우뚝 일어선
끈질긴 당신을 향한 예찬이다.

구절초 차

차 한 잔에 가을이 묻어 머물고
기다림으로 물든 그리움이
향긋한 향기로 차 한 잔에 담긴다.

한 세월의 열풍이 고스란히 스며든
마디마다 약성을 가득 담아
밀어 올린 줄기마다 앉은 희붉은 꽃

따듯한 구절초 차 한 잔에
멈추지 않는 시간을 부여잡고
허기진 가슴 채우려 차향에 잠길 때

수줍은 얼굴 하얀 미소로 유혹하는
영롱한 이슬을 머금은 여인 같은 꽃이
그윽한 향기로 내 마음에 머문다.

구경 중에 구경은 인(人) 꽃

꽃보다 더 아름다운 꽃이 있다
인(人) 꽃이다

산과 들에는
이른 봄 노란색으로 피어나는 설련화에서
겨울에 붉게 피어나는 동백꽃까지
저만의 때에 향과 색이 다른 수많은 꽃이 있다.

보름달처럼 둥근 지구촌에서도
수많은 사람 꽃이 피고 진다
꽃이 그러하듯
사람 꽃도 때와 곳이 제각각이듯
인품이라는 향기와 격을 지니고 있다.

근사한 옷에 인물값을 못 하기도 하고
수수하면서도 은은한 향기가
멀리 퍼지게 하는 인(人) 꽃도 있다.
과연,
너는 어떤 꽃이 되어 한 철 필 것이며
나는, 어떤 색깔과 향기로 피었다 질 꽃일까?

무심천 벚꽃길

팝콘처럼 피어난 꽃잎의 향연은
그저 잠시 환하게 웃고 있다가
흩날리는 사월의 꽃눈이 되네

바람결에 흩날리는 영혼은
옛 연인을 그리워하는 듯
나뭇가지 사이를 맴돌며 머뭇머뭇하는데

나풀나풀 허공을 배회하며
떨어지는 아쉬움을 붙잡지 못해
황홀한 융단을 밟으며 멈칫멈칫합니다.

벚꽃 향기 아래
사람은 꽃이 되고 꽃은 연인이 되어
속절없는 세월을 야속하다 하는데

달콤함을 탐하는 은밀한 속삭임은
님의 가슴 파고드는 숨결입니다.

연꽃은

연꽃은 시어의 바다
넓고 푸른 바다

시인은
연꽃의 바다에서
싱싱한 시어를 낚는다.

연꽃

백련은 청아함으로
순백의 아름다움을 뽐내고
홍련은 단아함으로
더 돋보이려 발돋움하네

진흙에서 솟구쳐 올라온
고고한 자태
자신을 정화한 향기를 품고
세상을 밝힌다

아름답고 화려할 때
미련 버리고 떠날 줄 알고
번뇌와 집착을 버리라는
가르침을 주는 꽃

환하게 웃는 너를 바라보며
나를 돌아본다
내가 피울 꽃은 어떤 꽃인가
아직 꽃대도 못 올렸는데

애련(哀戀)

사랑해도 슬프고 미워해도 슬프고

우리의 만남이 인연이었다면
숙명의 장난이 떨어지라 하네
만나도 아프고 헤어져도 아프고

사랑은 바람이 되어 꿈속을 헤매다
꽃바람 향기가 되어 그리움으로 만나리

사랑해도 애달프고 미워해도 애달프고

사모하는 마음은 녹고 녹는데
추억은 외로운 그림자 되어 허공을 맴도네

만나도 눈물이 흐르고
헤어져도 눈물이 흐르고

사랑은 구름이 되어 하늘을 흘러 다니다
무지개다리가 되어 우리 사랑 만나리

* 천문산 공연을 관람하고 지은 첫 詩

접시꽃 당신

아늑한 마을 어귀에서
마당 언저리에서
가슴 활짝 열어놓고
환하게 웃어주는 당신

길게 고개 빼 들고
담장 넘어 내다보며
마냥 기다리는 당신

기다림에 지쳐
무너져 내릴 때까지
손 흔드는 당신

한없는 마음으로 기다리는
그리운 어머니 닮은 꽃

아름다운 도둑

달콤한 사랑을 나누려
한 몸이 되어
분칠을 하며 씨름을 하네

색깔로 유혹하고
그리움으로 손짓하면
그 향기를 따라와

입술을 애무하며
속살로 파고들어
씨앗 하나 심어 놓고

그리움이 영글면
미련 없이
꿀물을 토해 주네

예쁜 색깔과 향기에 취해
단물을 훔치는 꿀벌은
아름다운 도둑일까?

첫사랑 여인

찬바람 뒤에 앙증맞은 얼굴 내민
내 마음 흔든 청초한 모습은
그리운 정 잊을 길 없어
이른 마중 나온 내 임 같은 꽃

영원한 행복을 꿈꾸는 설렘은
노란 미소 짓는 애틋함으로
망각 속 꿈을 꾸다 깨어난 듯
따뜻한 온기에 엉겨 붙는 몸짓

빛의 옹알이에 눈을 녹이고
수줍은 듯 토라져 숨어있는
내 슬픈 여인 설련화가
임을 맞이하려 윙크를 한다.

제목

글이 좋아도
눈길 사로잡아야 하고

허름한 건물도
시선 끌어당기는 유혹

번듯한 한옥도
간판이 화장실이면 그뿐

볼품없는 낡은 차도
명차 이름은 그대로이듯

이름값
얼굴값 하는
제목은 화룡점정

무명 시인

호밋자루 흙 묻히며
텃밭에 푸성귀 가꾸고
산새들 노랫소리
바람결에 흩어질 때

아무런 약속 없는 빈 가슴 되어
영근 알곡을 주워 담듯
봐주는 이 없어도
피고 지는 들꽃처럼

드러나지 않으면 어떠리
허름한 옷자락에 묻은 흙 털 듯
욕심 버려 가진 것 없어도
마음은 가득 찬 호수 되어

이름 없는 시인으로
한 떨기 숲속의 꽃이 되리

음악이 흐르는 풍경

살그머니 불어와 스치는 바람처럼
봄비가 대지를 부드럽게 적시듯
고요하게 흐르는 선율이 감미롭다

호수에 몽실몽실 피어오르는 물안개처럼
잔잔한 물결처럼 밀려와
조약돌을 어루만지듯 가슴을 파고든다

구성진 가락은 추억을 길어 올리고
귀를 애무하는 듯한 음률이
닫혀있는 빗장 무너져 내리게 한다

기쁨이 숨어 울고 슬픔이 숨어 웃는
인생은 한 소절 노래가 되어
내 심금을 울리는 구절이 된다.

시 짓는 마음

그렇고 그런
시 한 편 지으려고
사색의 바다에 빠져
넋 놓는 시간에 취해
생각의 뒤안길 맴도는데

잘 쓴 글이라 자랑하려 해도
울림을 줄 수 없고
알아줄 사람 없는데
깊은 상념에 빠져
고뇌하는 우물 안 개구리

푸른 잎 먹고 자고 먹고 자며
양분 축적한 누에가
명주실 토해내듯
준비는 하지 않고
남의 생각 가둘 줄도 모르면서
시인이란 허울에 빠져
허우적대는 나

아름다운 결투

지구의 축소판처럼 생긴 것이
눈도 코도 없는 둥근 달 같은 것이
발끝에서 발끝으로 이어지는
묘기의 진수에 매료되어
지구촌이 하나 되는 푸른 광장

무기 없는 맨몸으로 싸우는 전쟁터
손에 땀을 쥐고 울고 웃게 만드는
각본 없는 드라마

싱싱한 젊음이 퍼덕이며
순간순간을 사로잡는 시선은
수많은 관중의 가슴을 쓸어내린다.

한 치 앞도 알 수 없는 긴장의 연속은
둥그런 볼의 방향을 따라
수만 개의 눈동자를 사로잡는다.

울타리

안채에서 멀다 하여 내 것이 아니더냐
오고 가는 발걸음에 잠든 혼 깨어나는 그곳
내일을 건져 올리는 보물섬이다.

* 주제 : 독도, 2019 짧은 詩 짓기 전국 공모전 동상 수상작

통일은 대박

엄마 손 놓으며 떠 밀려와 망향가에
몸 실어도
애달픈 그리움은 기댈 곳 없어
막아선 벽 허물 날만 기다려집니다.

좋은 시(詩)를 써보려는 마음

현란한 액세서리로 멋을 내고
거추장스러운 옷을 입혀
낯설게 하면
진솔한 모습은 숨어 버린다.

다이어트 한 늘씬한 몸매에
앙상하게 드러난 뼈마디를 감추듯
단아하게 차린 옷을 입혀
한 것 멋을 낸 모습이면 좋다

긴 이야기를 짧게 응축시키고
정갈한 한 마디의 구절을 찾아
정황에 딱 맞아떨어지는 비유가
하얀 속살을 살짝 감춘 듯
묘사할 수 있으면 좋으련만

그 난해한 시어를 낚아 올리려
유랑하는 내 영혼은 여위어간다.

제목 : 좋은 시(詩)를 써보려는 마음
시낭송 : 김지원

스마트폰으로 QR 코드를 스캔하면
시낭송을 감상할 수 있습니다.

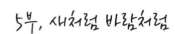

5부, 새처럼 바람처럼

자유롭게 하늘을 날고
어디서 와서 어느 뫼로 향할지 모를
머문 듯 머물지 않는다.

자유분방한 요술쟁이

머물 수 없는 타고난 숙명을 안고
헤매고 다니는 모습 드러낼 길 없어
억새에 기대 울음을 터트리고
나뭇잎을 붙잡고 혼을 불어넣는다.

지나가는 길을 스스로 만들며
옷고름을 풀어 헤치게 하는 열풍으로
산들바람으로 이마의 땀을 식혀주며
삭풍으로 옷깃을 여미게 한다.

보이지 않아 묶어 놓을 수도 없는 것이
형태가 없어 그물로 가둘 수도 없는 것이
구름을 희롱하여 파란 캔버스에
몽실몽실 피어나는 수묵화를 그린다.

등단

글로 재주를 부려보고 싶어 하는 마음은
퍼내도 마르지 않을 그윽한 꿈
그 꿈의 길목에서 글눈을 떠보려 한다.

꿈의 꽃이 피면 아름답다
활짝 피운 예쁜 꽃
헛되이 시들어 떨어지지 않고
씨앗을 맺어 튼실한 열매가 되어
온 세상을 꽃밭으로
만들고 싶어 하는 꿈을 이루기 위해
언어에 담긴 글 꽃을 찾아 참 눈을 떠보려 한다.

문화를 담아내는 그릇에
낚아 올린 모로 누운 언어를
행간에 펼쳐 놓으며
풍년을 기약하는 농사꾼이 되어 보려 한다.

한 여름날의 소나기

오늘 같이 보고 싶은 날
느닷없이 찾아온 너

내 마음 흔들어 놓고
금방 떠나버린
열아홉 살 순이 같은 너

용광로처럼 뜨거운 나에게
폭풍 같은 짧은 입맞춤으로
그리움 쏟아 놓고

황홀한 무지개 여운으로
내 마음 흔들어 놓네!

웃는 날들

어떻게 하면 하루하루를
그냥
웃으며 보낼 수 있을까?

어제는 유머가 모자랐는지
맛이 덜하고 심심했던 것 같아서

오늘은 개그를 끄집어내 넣고
양념에 소금 간을 하였더니

막걸리 넘어가듯 부드럽게
잘 풀리는 날이 되었네

왜 몰랐을까?
찡그리지 말고
그냥
웃으면 되는 것을

평창 올림픽

밤하늘엔 평화의 빛을 담은 오륜이 뜨고
성화대의 붉은 빛은 타오른다

지구촌의 경계를 넘나들어
국경과 종교의 벽 허물고
축하 불꽃의 열기가 한파를 녹인다

꽁꽁 얼어붙었던 남과 북이 녹아
하나로 어우러지는 은반 위엔
젊음이 춤을 추며 혼을 사른다

인류가 하나로 어우러지는 평창엔
젊은 혈기로 퍼덕이는 명인들이 설원 위에서
갈고닦은 기량으로 자웅을 겨룬다

혼신의 열정을 불사르는 묘기가
초능력을 불러오고
각본 없는 드라마가 펼쳐지는데
찰나의 순간들이 가슴에 각인되어
뭉클한 감동의 물결로 출렁 인다.

인연(因緣)

뜨거웠던 애정 세월 속에 묻어두고
그리움 멀리 두어야만 하는
맺지 못한 애달픈 사랑이 있습니다.

서로 좋아 분신 품고 살면서도
미움의 상처가 된 매듭 풀지 못해
마지못해 사는 사랑이 있습니다.

엇갈린 원망 애를 태우다
고통은 슬픔이 되어
외면해야만 하는 사랑이 있습니다.

소중한 인연이라는 첫 마음 지키며
소탈한 웃음으로 텃밭을 가꾸듯
영혼을 태우며 사는 사랑이 있습니다.

좋은 인연이 되어 평생을 사노라면
애증으로 뒤엉켜 사무치는 가슴
알 수 없는 운명이란 끈, 하늘도 모릅니다.

물이 가는 길

어디로 가는지도 모르면서
망설이지도 두려워하지도 않는다.

높은 곳에서 낮은 곳으로 노랠 부르며
흘러가야만 하는 숙명은
깊을수록 속내를 드러내지 않는다.

막히면 채우고 돌아서 가는
부드러운 어울림은
빈틈을 허락하지 않고 메꾸며
서로를 방해하지 않는다.

흘러가면 되돌아올 수 없는 길
순리를 따르는 물길 같은
걸릴 것 없는 삶이라면 좋겠다.

초정 원탕에서

나를 감싸고 있던 사슬을
풀어 헤치고
속살을 드러낸 자유로운 영혼이 된다.

뜨거운 물에 육신을 담그면
묻어 있는 세파의 때가 녹아내리고
생의 남루함도 고귀함도
물속에 잠겨 드러나지 않는다.

다만, 나이테만 들어낸 채
부끄러움도 모르는 영혼들은
눈으로 서로의 살냄새를 맡는다.

알싸한 맛을 자랑하는 약수에 빠지면
음낭을 찌르르하게 하는 신비가 전해져
천년의 신화에 젖는다.

살아보니

어른이 되면
그림 같은 언덕 위 하얀 집에서
물처럼 바람처럼 살고 싶었는데
꿈일 뿐이더라

어른이 되면
동화 속 이야기처럼 백마 탄 왕자님과
예쁜 유리 구두 신고 꽃길만 걷고 싶었는데
꿈일 뿐이더라

어른이 되면
메밀꽃 같은 별이 쏟아지는 밤
가슴 저미는 사랑 노래만 부르고 싶었는데
꿈일 뿐이더라

삶은 꿈이고 꿈은 인생이더라.

삶은 기다림의 연속

엄동설한에는 꽃 피고 새우는 봄을
텃밭에 씨앗 묻으면 싹트고 푸르게 자랄 날을
단풍이 낙엽 되고 나면 첫눈을 기다린다.

어릴 땐 마던 세월 바람을 등에 업고
사랑을 그리며 임을 만날 날을
임을 만나고 나면 열매 맺어 자라
눈에 넣어도 좋을 귀여운 손주를 기다린다.

시간의 문이 열리고 닫혀 배고픔을 잊으면
정서적 허기를 채우기 위해
숨길 수 없는 잊고 있던 가슴속 자아를 찾아
올지도 모를 저미는 그리움을 기다린다.

삶은 어긋난 아픈 응어리 풀어내며
외롭고 먹먹한 세월의 모퉁이를 돌고 돌아
영혼을 따뜻하게 덥혀줄 기다림의 연속이다.

살다 보니

꿈을 이룬 성취감도
쾌락의 늪에 빠진 기쁨도
허공에 흘러가는 구름이요
나무에 잠시 머무는 바람이더라

슬픔도 괴로움도
여울지며 흐르는 강물이고
몽실몽실 피어오르는 물안개더라

한 세상 사는 일이 눈 깜짝할 사이고
좋은 일도 나쁜 일도
유효기간이 짧디짧은 순간이더라

처음처럼, 한결같이, 란 말은
쉽게 할 수 있지만
실천하기 어려운 소망일 뿐이더라

손바닥 앞뒤로 뒤집듯
생각이 변하고 바뀌듯
변덕이 죽 끓듯 하는 마음 또한
삶이고 인생이더라.

부자지간

큰아들이 말하기를
군대 갔다 오면
사돈에 팔촌으로
결혼하면
동포라고 생각해야
서로가 편하다기에
곰곰이 생각에 젖어보니
일리가 있는 것 같기에
그래
고민해 볼게 했는데

아무리 그래도
밖에서 자게 되는 날은
톡 한 줄은 보내줘야지

가족인데

젊은 날의 자화상

아버지 발자국 따라 생의 고민을 잉태한 채
허기진 비탈길을 오르내리며
삶의 모닥불을 지펴놓고 상심한 가슴을 덥혔다.

해진 속옷처럼 남루했던 시절은
기억 저편 아득한 꿈속 허공을 맴돈다.

내세울 것 없는 자존심 가슴앓이로
무작정 길을 나선 유년의 긴 세월은
부끄러울 일은 아니지만 초라할 수밖에 없었다.

그 긴 세월 가쁜 숨결 토해내며 허덕일 때
내 젊음, 불태운 뜨거운 영혼은 잠들지 않았다.

가슴에 사무치는 갈증, 삶의 누더기 벗어 던지고
어깨를 짓누르던 버거운 짐 내려놓으려 하니
잊으면 될 서글픈 그리움이 덧문을 닫는다.

도서관에서

책을 읽으며
어떻게 이런 생각을 했을까?
맞아 정말 그러네
마음에 와닿는 한 구절
한 구절이 가슴에 머무는 느낌이
작은 울림으로 다가온다.

내가 작아지고 주눅이 드는 곳엔
앞선 생각을 녹여 놓은 흔적들
인걸은 강물처럼 흘러갔건만
행간 속에 남기고 간 글을 거울삼아
나를 비춰보며 길을 찾는다.

옛사람들의 생각을 엿보고 빌려
앎을 훔쳐내는 아름다운 도적이 되어
깨달음의 뜻을 곱씹으며
잔잔한 감동을 간직한 글 속에 빠져
잠든 나를 흔들어 깨운다.

찬비 연가

멀쩡한 내 마음을 흔드는 가을비가
소리 없이 가슴으로 스며들어
흘러간 세월의 추억을 지우며
마른 영혼 달래주려 합니다.

잔잔한 호수에 떨어지는
수많은 동그라미의 속삭임은
빈 가슴 허기 채워주지 못해
찻잔을 마주하고 묵상에 잠깁니다.

비에 젖어 떨어진 낙엽들은
그리움에 젖은 내 마음인 양
밟혀도 숨죽인 채 울지 못하고
스쳐 가는 바람을 붙잡고 애원합니다.

열정

시나브로 타는 불로 어찌 끓이랴
활활 타오르다 사그라드는 불로는
도저히 끓일 수 없다는 것을

뛰지 않고 되는 일이 어디 있으랴
뜻만 가지고 쉽게 되는 일은
결코 일어날 수 없다는 것을

가마솥의 물을 펄펄 끓이려면
활활 타는 장작불을 오래도록
태워야만 끓일 수 있다는 것을

미쳤다는 소리 듣지 않고서야
젊은 가슴 빈터의 여백을
꽃송이로 채울 수 없다는 것을

열정은 끝없이 활활 타오르는 불꽃

보고 있어도 그리운 그대

호수일까 은하일까
그대 눈은
온몸으로 스며드는 그 눈빛

그대 마음은 숲속일까
심연의 바다일까
봐도 보이지 않는 그대 영혼

눈을 감아도 느낄 수 있는
마음을 붙잡아둔
내 안에 머물러 있는 그대

가슴으로 전해지는 닮은 염원
먼 길 함께 걷는 인연 되어
스치는 숨결만으로도 통하는

보고 있어도 그리운 그대여

새와 닮은 나

따사로운 어느 봄날
근무하는 경비실 전면 유리창에
건너편의 나무숲이 옮겨와 있었다

힘차게 날아 들어오던 새가
머리를 부딪쳐 바닥에 떨어졌다
약하게 부딪친 새는 기절 했다가
깨어나서 날아가지만
세게 부딪친 새는 깨어나지 못했다

눈을 뜨고도
숲의 나무와
유리에 투영된 풍경을
구분하지 못한 새를 보았다

나는 어떤 모습이었는가?
허상을 쫓아가다 넘어지기도 하고
진실을 찾아 행복의 문인 줄 알고 들어가다
머리를 부딪치기도 했던 삶의 길

청맹과니의 새를 보며 나를 투영해 본다.

뭔 기별 데리고 올까

내 마음을 푸근히 적셔주는 봄비
도란거리는 속삭임으로 마냥 설렐 때
한마디 말 건네지 못한 채 인사 없이
떠난 여인이 아롱져 가슴 저며온다.

우리 둘만의 비밀 묻어둔 채
기약 없는 헤어짐은 눈물 같은 봄비가 되어
메마른 가슴을 애무하는 속살거림은
몹쓸 그리움으로 다가와 창밖을 기웃거린다.

제멋대로 찾아와 흠뻑 적셔 놓으며
잠든 나뭇가지에 새 움트게 하듯
깊이 묻어둔 보랏빛 몸살 앓게 하는 봄비
그 신비로운 마법으로 만날지도 모를
뭔 기별이 올까 하는 그리움에 젖어
심란한 마음 빗소리에 달랜다.

존중과 존경 사이엔 강이 흐르는데

존중은
받으면 받을수록 진한 향기 토하게 하고
누구나 받고 싶어 하는 꽃다발 같다
존경은
밤하늘에 빛나는 별처럼
우러러볼 수 있을 때 마음이 움직인다.

존중은
내가 해줄 수 있을 때 받게 되고
서로 오갈 때 걸어 잠근 빗장이 풀리듯
가슴의 작은 창문을 열어젖힐 수 있는데
존경은
아무 데나 피고 지는 꽃이 아니라서
눈에 잘 띄지 않아 보기도 어렵거니와
함부로 칭얼댈 수 있는 허상이 아니다.

누구나 받을 수 있고 줄 수 있는
행복의 보따리임에도 채워지지 않는 존중은
가벼울수록 날아오를 수 있지만
존경은 무거울수록 격이 살아나는가 싶다.

사그라들고 말 불꽃

안 되는 줄 알면서 한 번쯤 꿈꾼다
설렘은 쥐도 새도 모르게
하고픈 자랑 꾹 참아내야 하는 고통

그대 등 뒤에 서면 한없이 커지기도 하고
작아지기도 한다
가까운 간이역에서 내리려니
아쉬운 미련이 가슴을 때리고
먼 길 돌고 돌아가려니 들킬까 두렵다

몰래 한순간 타오르는 불꽃
활활 태우려니 재만 남을 허전함이 앞서고
물을 뿌려 끄려 하니
부질없는 사랑이 쪼그려 앉아있고
그리울 때 가까이하지 못해 애만 태우다 말
가슴에 던진 돌 하나 여운으로 남겨 둔 채
황홀한 불꽃은 꿈결인 듯 눈앞에 일렁이는데

아무도 모를 비밀 하나 간직할 수 있는
이루어지지 않을 불꽃 사랑은 꿈일 뿐이다.

내 고향 청주

한남과 등 돌린 금북 능선
골짜기마다 밤낮으로 솟아난 물이
손을 잡고 만나 무심천을 이루고

상당산 줄기 타고 모인 정기
우뚝 솟은 우암산에 머물러
넓은 벌 끝없이 펼쳐지는 곳

흥덕사지 종소리 천년의 어둠을 뚫고
직지의 글 향기 지구촌으로 퍼져 나갈 때
영혼으로 스며드는 힘은, 고장의 자랑

선비의 맑은 정신 예술혼 담고
인정이 샘솟아 살맛 나는
청풍명월 꿈이 깃든 내 고향 청주

12월에는

마음을 가다듬는 한 해의 끄트머리 달
해마다 그랬던 것처럼
올해도 아름다운 마무리로
미련 같은 거 남기지 말았으면 좋겠습니다.

오고 간 우정과 사랑엔
고마움과 감사가 묻어나고
베풀고 나눌 수 있는 따뜻한 이야기로
함께 어울려 웃음꽃 피웠으면 좋겠습니다.

한 해 동안의 희로애락도
더 잘해주지 못한 아쉬움도
훈훈한 온기로 눈을 녹이듯
오래 기억되는 여운만 남겨 놓았으면 좋겠습니다.

내가 뿌린 씨앗 정성으로 거두고
마무리는, 또 다른 시작을 의미하듯
좋은 씨앗을 간직한 채
하얀 눈이 내리는 정겨운 풍경이면 좋겠습니다.

동백꽃 연가
(戀歌)
이동백 시집

2020년 4월 27일 초판 1쇄
2020년 5월 1일 발행
지 은 이 : 이동백
펴 낸 이 : 김락호
디자인 편집 : 이은희
기 획 : 시사랑음악사랑
연 락 처 : 1899-1341
홈페이지 주소 : www.poemmusic.net
E-Mail : poemarts@hanmail.net

정가 : 10,000원
ISBN : 979-11-6284-198-3